布鲁诺·舒尔茨

诗 篇

在阁楼独听
万物密语

布鲁诺·舒尔茨诗篇

黑陶　著

GUANGXI NORMAL UNIVERSITY PRESS
广西师范大学出版社
·桂林·

汉多·穆加斯托 《爱沙尼亚》

序

心灵的默契、呼应和对话

高 兴

布鲁诺 · 舒尔茨（Bruno Schulz，1892—1942）显然是个孤独者，但他是个伟大的孤独者。

他在孤独中，用文字和画为自己创立了一个共和国，我称之为：梦幻共和国。

读布鲁诺 · 舒尔茨时，你会发觉自己不得不时常停顿，似乎总需要调整一下视距，调整一下节奏，自然也需要调整一下思维和心态，并不主要是因为深奥、晦涩，而更多的是因为晕眩。那么绚烂的画面，无边的想象，迅即的转换，突然的中断，密集，刺眼，反常，神秘，速度，空白，跳跃，所有这一切只能让你感觉晕眩。但停顿片刻之后，你禁不住又会抬起目光。你抵挡不住那道光的诱惑。他的文字中确实有一道光。而那道光照亮的是一片独特的天地。

想象力在此发挥出奇妙的作用。对于作家而言，想象力有时就是创造力。正是凭借想象，舒尔茨总是孜孜不倦地从日常和平庸中提炼诗意。他常常通过儿童或少年的目光打量世界，展开想象。童年目光，纯真，急迫，无拘无束，可以冲破一切界限。画家天赋又让他对色彩极度敏感，给想象增添了表现层次和空间。

这些都是诗意的想象。

倘若舒尔茨仅仅停留于诗意的想象，那他很有可能成为一名浪漫主义作家。但他显然又往前走了一步。这一步至关重要，又意味深长，是质的飞跃。事实上，他在不断提炼诗意，也在随时摧毁诗意。犹如女神的阿德拉可以用一把扫帚或一个手势挡住父亲的幻想事业。而父亲，“那个不可救药的即兴诗人，那个异想天开的剑术大师”，由于生命力的衰竭，由于种种内在和外在的因素，蜕变成了秃鹫、蟑螂和螃蟹。相反，走近了看，狗竟然是人。想象因而获得残酷却又激烈的质地，上升到梦幻、神话和寓言的高度。在神话和寓言中，边界消除，自然规则让位于内心需求。内心，就是最高法则，就是最高真实。这顿时让他的写作获得了浓郁的现代主义特征。他还精通语言的魔力。对于他，语言既是神话，也是宗教。语言的魔术帮助他深入世界的梦幻，最终将平庸和腐朽化为神奇。

我一直在想：布鲁诺·舒尔茨的意义和价值究竟在哪里？

布鲁诺·舒尔茨的意义和价值恰恰在于，启发我们如何转向内心，转向宇宙深处，如何经由想象、梦幻和变形构建自己的神话，如何将平庸、狭小和灰暗转变成刺人心肠的神奇、辽阔和永恒。

本质上，布鲁诺·舒尔茨是位诗人，伟大的诗人。这一点中国诗人、散文家黑陶敏锐地发现了。不仅仅发现，他还要呈现，“用汉语诗歌，呈现另一个布鲁诺·舒尔茨”，并参与“布鲁诺·舒尔茨的文学生命”。

于是，《在阁楼独听万物密语：布鲁诺·舒尔茨诗篇》，一部神奇的文本，奇迹般诞生。

实际上，这是一位诗人在向另一位诗人致敬，或者说一位诗人在向永恒和无边的诗意致敬。这种致敬无疑意味着深刻的理解，深刻的赞赏，深刻的相互启示，深刻的惺惺相惜。甚至还不止于此，更是来自东西方的两位诗人艺术和心灵上的默契、呼应和对话。这样的默契、呼应和对话，已经构成一种极致的互文，散发出艺术和心灵迷人的光泽。

黑陶说：“在我所热爱的汉语世界，借助我心、我手，能够让异国的这位前辈作家，以诗的形式、以诗人的身份复活一次，我，倍感荣幸。”

因此，我相信，读布鲁诺·舒尔茨，再读黑陶的《在阁楼独听万物密语：布鲁诺·舒尔茨诗篇》，或者，读黑陶的《在阁楼独听万物密语：布鲁诺·舒尔茨诗篇》，再读布鲁诺·舒尔茨，我们都会有无尽的期待，我们也都会遭遇无数的感动，一定的。

2017年7月9日于北京

（高兴，诗人，翻译家，《世界文学》主编）

目 录

跋

保罗 · 兰达克 《拉古纳湾》

1.

清晨透明的寂静
被囚禁在灵魂深处的…… 寂静
开始喃喃自语
那金色的、明媚的，寂静
极其真切地弥漫在
那本漫漫长书中

（《八月》）[1]

1 表示此诗从布鲁诺 · 舒尔茨小说《八月》中提炼而出，下面各首诗下也分别注明了提炼所出的小说篇名，就不再作说明。

2.

犹如从白昼的光焰中
冉冉现身
阳台，向着天空袒露自己的虚无
地板上的方形光块
沉沉地做着美梦
音乐融化
黑影弥漫的房间，仿佛沉进海底

（《八月》）

3.

墙壁上古老的彩绘图案
那股熟悉的味道，积淀着
血液的特质
以及他们命运的秘密

我们在房间中那些幽灵旁边坐下
仿佛与他们的生命融为一体

（《八月》）

4.

郊区的房屋在往下沉陷
盛满紫红色液体的巨大的瓶瓶罐罐
如镇痛剂
象征冷静和凉意

被耀眼光线遮蔽住的窗户
已经沉睡
母亲和我
要从金属圆盘上的星象里
读出，用象形文字写成的真正秘密

（《八月》）

5.

正午的梦中
七月，饱含金色果浆

无数个世代的夏天
宛如人的淡红色皮肤
炽烈，又令人晕眩

是…… 太阳
给痛苦、陈旧的众信徒
戴上了整齐划一的金色面具

（《八月》）

6.

从天空中倾泻而下的火雨里
蟋蟀在惊声尖叫

狂怒的嗡嗡叫唤的乌云
仍然隐隐约约
闪烁着白昼古铜色的光焰

古老而有灵性的门扉
安坐在…… 命运的阴影之中

（《八月》）

7.

他们…… 深陷在黯淡的潦倒之中
已经拱手顺服了命运
在无限轻蔑的阴影中
享受着貌似完全的放松
依稀品味到
这个燠热世界最深刻的本质

（《八月》）

8.

父亲那甜美的鼾声
从我们这个时代最边缘的某个地方发出

在复杂的算术迷宫里
他睡熟的脸
沐浴在孟加拉焰火深紫色的光焰中

（《圣显》）

9.

我们的小镇
在噩梦中发出的尖叫声
日益荒疏

深夜里
父亲的健康开始每况愈下
疾病的苦涩滋味
带着淡色啤酒般的金黄与透明

（《圣显》）

10.

父亲开始在我们眼前慢慢地枯萎、凋谢
像一枚留在硬壳里的坚果仁
在没完没了的…… 灰暗中
他遥远得仿佛已经不是人类

（《圣显》）

11.

昏黄的冬日来临了
四处弥漫着无聊
父亲钻研巨大的禽鸟学教科书
他开始与各种实际事务渐行渐远
那些带羽毛的幻影
似乎从书页间脱颖而出
我们家那个巨大的双脊木板屋顶
在庄严的孤独中沉思

（《鸟》）

12.

阁楼如同…… 漆黑的大教堂
肋骨似的椽子、屋梁和桁梁
冬天的阵风里用来呼吸的黑黢黢的肺

像陈年的面包
日子开始变得更加坚硬
人们…… 封起炉子
研究起永远捉摸不定的火的本质
并慵懒冷漠地拿钝刀，切这种日子

（《鸟》）

爱德华·华兹华斯 《黑暗的乡村》

13.

黑色的黎明骤然而至
溅射出金属般的火花
看不见传统、没有面目的一天
我们平静地驶进一颗星辰的虚无之中

（《裁缝的布娃娃》）

14.

物质用甜美、柔软、浑圆的千形万状诱惑着我们
物质在等待灵魂赋予自己以生命呼吸

（《裁缝的布娃娃》）

15.

黄昏迅速弥漫
变成漫长冬夜褴褛的封面
枝形吊灯，像苍老的蓟属植物般
黝黑和枯萎

那个不可救药的即兴诗人
那个孤独的英雄
他独自发起一场战争
捍卫着正在失落的诗意理想
想把我们从空虚的日日夜夜中
拯救出来

（《裁缝的布娃娃》）

16.

谁知道，有多少痛苦的、跛足的、残碎的生命形式，比如箱子和桌子这种被迅速钉在一起的人工合成的生命，被交叉着捆绑在一起的木料，有多少这样为无情的人类发明而牺牲的沉默的烈士？

在这些我们熟悉的旧衣柜的纹路和木结中，究竟饱含了多少古老的苦难，谁能从它们身上认出…… 昔日的音容笑貌？

（《裁缝的布娃娃》）

17.

造物主令人不寒而栗的无与伦比的完美无瑕中
蕴藏着人类的梦幻的细微颗粒

（《裁缝的布娃娃》）

18.

没有什么死寂的物质
万物潜藏着尚未知晓的生命形式
只是，物质是从不开玩笑的
它永远充满了悲剧性的严肃

（《裁缝的布娃娃》）

19.

在那些古老的宅子里
有时个别房间会被人们遗忘掉
它们只好在陈旧的墙壁之间
在无人照管中枯萎、自行封闭起来

门扉渐渐长到墙壁里
所有的痕迹，在线条、裂缝构成的复杂图案中
被抹除得一干二净
最后，在我们的记忆中永远消失

（《裁缝的布娃娃》）

乔治·修拉 《吊桥》

20.

从熟悉的黑暗中
从母亲家园般温暖的子宫里
被领到一个广阔、陌生、明亮的世界

未来的一切都会向我敞开
—— 以其极端的奇异性
—— 以其生命火花出其不意的变化

（《小猎人》）

21.

睡眠漆黑的胸怀
用无数万花筒般的可能性
向人类揭示
自身的秘密

（《小猎人》）

22.

备有小桶、布衣的厨房
拖鞋的咔嗒声，喧闹、匆促的行走声
各种复杂、诱人的气味
它已经习以为常
那把刷子早已安静下来
地板散发出潮湿、甜丝丝的木质味

这个世界开始给它埋设种种陷阱
不过，自己体内潜藏的记忆之泉
让它明白：
它正经历的一切早已毫不新鲜
这些事物虽然貌似新奇
但某些根深蒂固的东西依然如故

（《小猎人》）

23.

他幽深的目光犀利地盯着我
他的双眼像马上就要爆裂的贝壳
他开始奔跑，大踏步地横冲直撞
这个夏天已经失控
带着狂野的冲动向四面八方扩散

（《潘神》）

24.

被太阳烤焦了的茂密的蓟草丛
好像要捕捉氧气的波浪
这个花园广袤辽阔
分布着各种地理单元和气候带

我就是在这里第一次看到他
古铜色的脸，闪闪发亮
他既凝望着我，又没有凝望我
他既看到了我，又没有看到我

（《潘神》）

25.

他在黑暗中盲目地摸索
仿佛是一个遇难的漂流者
破烂、冰凉、凌乱的被褥
像一个幸福的港湾
他在梦中与床铺拼命地较着劲
犹如一个泳者拼命地迎击湍流
他是这间空荡荡的公寓中唯一有知觉的活物
百叶窗帘外的露天
响彻着被太阳烤炙…… 的嗡鸣声
窗户已经承受不起这片白热化的火焰

（《查尔斯叔叔》）

26.

梦中，在狂风暴雨肆虐的大海上
他…… 被推搡了无数个昼夜
黎明醒来时气喘吁吁，大汗淋漓

金黄色的四方窗帘，被灼热的白昼的光线照亮
他已经感觉到
那种即将来临、不可测知而又气势磅礴的东西了

（《查尔斯叔叔》）

27.

他往盆里倒了些水
用自己的皮肤
品尝了一下
那清纯、甜美的湿漉感

（《查尔斯叔叔》）

28.

一面默默无语
凝望着恭候他的圆镜
他站在那里
在家具中间穿戴好
—— 这些家具
默默地容忍着他的一举一动

他缓慢地、顺从地
耷拉着脑袋向门口走去

这时另外一个人
一个永远背过身子的人
以相同的步履，朝相反方向
走进那面镜子的深处
穿过重重并不存在的
空空荡荡的房间

（《查尔斯叔叔》）

29.

那天晚上
天空中不少地带裸露出内部结构
街道似乎在成倍地繁殖
阴沉而肃穆的店堂里
繁星遍布
弥漫着油漆和香火的气息

（《肉桂色铺子》）

30.

他是一个对飒飒的风声、黑夜的吱吱嘎嘎声
以及地板上秘密的咬啮生涯
警觉而细心的观察家

他如此迷恋地沉浸其中
每当那个看不见的世界显得过于荒诞的时候
他总是轻轻叩击着手指，独自轻声发笑

（《肉桂色铺子》）

31.

蜡烛在瓶中烧得矮下去
这时午夜已过去很久
像春雪般琳琅闪烁的光泽渐渐变得黯然
让位于黎明前的漆黑深沉
在空空荡荡的躯壳中
那种木偶般的焦灼欲望
盲目地步入父母和兄弟的美梦中

（《肉桂色铺子》）

32.

这条街的尽头，已经安然入睡
很深的书橱里
充满黯然又虚幻的生活
月光穿过万千羽毛般的云朵
让房间银光闪闪
把我引向离家更远的地方

（《肉桂色铺子》）

33.

巨大而昏暗的教室里
枯萎的、破碎的诸神
发出叹息和低语的寂静

我踏进天光尚亮的冬夜
几乎是奔跑而不是行走
白雪和星星的清新感
像春夜…… 吹拂的微风

（《肉桂色铺子》）

34.

每一枚细嫩的花萼中
都带着斑斑月光
没有人能经受得住
这双眼睛的凝视

处处都显得如此宁静
我注意到自己
有一种被神圣的手指
抚摸的感觉

（《肉桂色铺子》）

乔治·修拉 《火车头》

35.

火车引擎粗重的呼哧声
奇怪、悲伤而严肃的骚动
被抑制的匆忙和兴奋
连同她们脸上
那幽暗的羞涩红晕、迷人的美人痣
上唇那层隐隐约约的汗毛
在迅速降临的冬天的暮色中
都透露出她们的血液可能又稠又黑
—— 只有个别人注意到
我们的憧憬，不过是一幕虚幻

（《鳄鱼街》）

36.

阴影，用浓郁的、浪漫主义的明暗对比法
演奏着建筑物复杂的复调音乐
房间显得高深而暗淡，而天花板
可能就是天空——居民区劣质、灰暗的天空
她们的脸，散发着刺鼻的动物气味
她们太过浓烈的色泽，显现
这个地区的真正本质：致命的暗淡无色

（《鳄鱼街》）

37.

条条峡谷似的街道内
直截了当的功利性
像茂盛粗俗的植被遍地滋长

正午深金色的光辉
以一种耀眼、虚构的热情
将人们的一生
深陷在种种徒劳之中

（《鳄鱼街》）

38.

有关他的一切总是那么古怪和可疑
一支摆在地板上的蜡烛的光亮
把他拉进怪异思维错综复杂的深渊
我们看到他的时候越来越少
父亲已经…… 不可能与任何现实打成一片

（《蟑螂》）

39.

永远漂浮在生活的边缘、亦真亦幻的领域
神情恍惚的父亲
正蜕变成一只蟑螂

母亲的目光从眼睫毛下透出来望着我
“我已经告诉过你，父亲离家出走，
有时候他会深夜回来，天亮前又走了。”

（《蟑螂》）

汉多·穆加斯托 《无题》

40.

黑暗开始缓慢进行破坏
阁楼和储藏室
散发着旷野的气味
风…… 又吸了一口气，把椽子都舒张开来
逐渐膨胀得像哥特式建筑的拱顶
像巨大的双簧管或风箱
照片在墙上咔嗒作响
所有的大街似乎都错了位

（《暴风骤雨》）

41.

在阵阵烈风中
辽阔的天空银光闪闪
整个集市广场像一颗秃头般闪闪发亮
各种容器的乌合之众蜂拥而至
充斥着风的味道
茂密的山毛榉
竖起条条手臂站在那里
仿佛是这些恐怖景象的见证者

（《暴风骤雨》）

42.

狂风把各处的广场清扫得干干净净
屋檐变得阴沉、弯曲
一个孤零零的人
衣袋里塞满熨斗、铜杵和金属镇物
弯着腰，以防被狂风刮跑

天空、阁楼，在风中摇晃
我们仿佛听到各种各样的声音——
有的在质问，有的在喊叫，有的在哭泣

（《暴风骤雨》）

保罗·兰达克 《暴风雨》

43.

畸形、空虚、无用的日子
炽热的日子
这些日子不断地抽芽发育
仍然，在惯性的驱使下繁殖着万物
永远那么令人吃惊

（《盛季之夜》）

44.

幽暗、绚丽，在深夜的静谧中
仿佛置身于蜂巢
在时间档案馆某个被遗忘的角落
父亲翻动着
那部古老、泛黄的罗曼史

（《盛季之夜》）

45.

落日在震颤
整个世界骤然荒凉、枯萎起来
那些肤色黝黑长着红头发的守护天使
早已飞往别处

现在是父亲独自一人
双颊绯红，目光灼灼
石头从天空呼啸而过
在这个巨大的
迷宫一般风雨飘摇的夜晚

（《盛季之夜》）

46.

那册巨大而又易碎的书

它的内容…… 不断丰富

因为岁月的喋喋不休

因为谎言快速的自行堆垒

因为胡言乱语的喷涌

因为美梦在其中不断繁殖而无止境地膨胀

（《盛季之夜》）

47.

黑洞洞的公寓里

只有父亲一个人还没有睡觉

悄无声息地穿过

一个又一个充满鼾声的房间

那些夜晚漆黑无垠

火焰怪异而又急促

雪开始消融

被深蓝色的微风饮下去

月亮，那个最具创造力的变形大师

在灿烂的星辰上漫游

（《彗星》）

48.

这些金属，从黑暗中苏醒过来
她的皮肤
在春天月亮潮汐引力的影响下
染上了搪瓷般的光泽

（《彗星》）

49.

每过一个钟头，窗外远方的夜色
就渐渐变得更加明亮、更加甘甜
铜绿色的天空下
扫烟囱的人，在屋顶上探索着这个城市
梦想着风，会刹那间
为他们揭开那些年轻女孩子闺房的屋顶
给他们提供可以享用
很多个日日夜夜的、惊心动魄的读物

（《彗星》）

50.

天空变成薰衣草般的淡蓝色
插在瓶子里的夹竹桃
开始在屋子的各个地方竞相绽放
窗户依然长久地敞开
在沉闷的蓝天的白昼里恍然如梦

黎明和午后来了又去
风偶尔会镇定下来
她的脸庞
因为还在做着初春的美梦
显得有些灰暗

（《彗星》）

51.

对大自然明目张胆的欺诈
对天才小伎俩的过度酬奖
人类在各种虚假的伪装下
进入一个令人难以置信的便捷天地
——这些技术奇迹的喜剧魅力
是何其巨大

（《彗星》）

52.

蚂蚁般的星群
浩瀚无涯
陨石的灰尘
宇宙的叹息
我们，在这无穷的极限中迷失
短暂而支离破碎

（《彗星》）

53.

星辰喧嚣的漆黑夜空
再次在我们头顶敞开

那个带着燃烧的火焰的手指
在天空的黑板上
书写着
我们这个星球忧郁的预言

（《彗星》）

54.

那本书…… 在童年黎明的某个地方
在生命的第一次破晓之际
风飒飒地从书页上吹过去
字里行间就会掠过一阵痉挛
字母中间会释放出一群群燕子和云雀

那本书安静地躺在那里
风像翻开一片巨大的玫瑰花瓣似的轻柔地打开它
缓缓地露出一只蓝色的瞳孔
那时这间屋子跟这个世界一样辽阔

（《书》）

55.

那本书的影子
仍然不懈地在我的记忆中燃烧
吐着明亮火焰
在冬季一个漆黑的清晨

（《书》）

56.

美妙绝伦的书
那个超验世界的恢宏
没有任何词语
可以恰如其分地传达

书，闪烁着神圣色彩
万般高贵地
躺在父亲的书桌上
各种异想天开的奇迹
彼此盘旋
仿佛九大行星的位置
发生了纯蓝至极的…… 移换

（《书》）

57.

没有人能理解我
那部被遗忘的过去的书
痛苦地折磨着我

怪异的黎明之光
完全凌驾于我之上
一本又厚又沉的卷册
我看到里面
一座巨大、倒置的金字塔
它的平顶上
放置着挪亚方舟

(《书》)

58.

一部沙沙作响的巨大的法典
风掠过它的册页
犹如洗劫一枝花瓣凋零的巨大的玫瑰

（《书》）

59.

书的某些残篇

残损的…… 肉体的气息

我为书的分崩离析

备受煎熬

（《书》）

60.

书就像陨石
它的内核
展现出某种无限而璀璨的结构

书的每一页都会燃烧
像凤凰呼啸着
翱翔而过紫色火焰的黎明

（《书》）

61.

白昼甜蜜的果肉被切割
逐渐露出它坚硬明亮的内核
正午…… 所有的火焰和耀眼的瞬间都荟萃在
　一个狭小空间
喷散着金色阴影
我流光了幸福和无奈的泪水

（《天才辈出的时代》）

62.

哦，那让人恐惧得屏住呼吸的蓝色
多年以后，在那些陈旧的抽屉底下
我再次发现了它们
依然如黎明般耀眼和鲜艳

（《天才辈出的时代》）

63.

温驯的微风透过打开的窗户进到室内
我的房间再次陷入寂静

一个发光的人走过来
像尚未启封的新年

（《天才辈出的时代》）

64.

那人物，那风景，那脸庞，
依然带着那天第一滴露珠的湿润。

为什么，我会在过度的富足中，
如此放任漠然地糟蹋了你们？

（《天才辈出的时代》）

65.

春雪融化后
漫长、宽裕的白昼
怀着各种巨大的期望
无限地延伸进夜晚

沿街的窗户
它们…… 蓝色的阴影
在春天的微风中
颤抖

（《天才辈出的时代》）

66.

空气的波浪
在寂静中
已经减弱下来

深蓝色春天的光影
是奇特闪电
照耀了
辽阔、空旷的广场边
那一个人

（《天才辈出的时代》）

67.

世界…… 它是何等空旷、毫不戒备，
仿佛…… 还没有被任何人碰过。

（《天才辈出的时代》）

68.

星光闪烁的太空的忧伤
沉重地压在小城上方
大提琴被冷落在无声的倾盆星雨下

初雪的气息
火焰和星辰的幻象
父亲抬起沐浴在稀薄灯光中的那张脸

月亮也许会继续赶路
在天空上攀得更高

（《春天》）

69.

散发着浓郁味道的空葡萄酒桶
竖放在厅堂的墙下
我们坐在一把长条椅上
整个世界在缓缓地颤抖着向某个边界驶去

（《春天》）

70.

像一朵巨大的蓝宝石玫瑰
膨胀开来亮出它的内核
展示你那惊人的孔雀般的眼睛

你在大路的扬尘中与他人并肩而行

（《春天》）

71.

在被炎热灼烧得稀薄的春天空气里
她的每一个姿态
都在传达对既定形式的叛逆
她以忧伤的眼神凝望那个真理
企图以此认识失败、征服痛苦

（《春天》）

72.

大地…… 万物的储藏室
提供浓烈的樱桃花开的气息
埋藏着
未曾写出的格言、书籍

（《春天》）

73.

黄昏，白昼飓风般的光焰逐渐减弱
地平线变得更加浑圆，更加美丽
弥漫着天蓝色，像一只带着宇宙微缩全景的
　玻璃球
它在抑制仍然不断涌现的各种激情
星星天使般群聚起来
红色铅笔的清澈鲜亮
让我们的血液为之焕然一新

（《春天》）

74.

樱桃花的香气从冰凉的白色床铺上方的瓶子
　中飘荡出来
她晦暗的表情中带有一丝灰烬
一切都随着红色飞驰
因为飞翔而疼痛、因为追逐欢乐而疲惫的心

（《春天》）

75.

苗条幽暗的双腿
带着那种善良和令人伤感的优美
她的白衣
像是在座位上放了一朵盛开的鲜花

我想象，怀着一种接触的绝对圣洁性
触摸她的肉体
将是极其痛苦的

（《春天》）

76.

世界之美在达到巅峰后便消融

春天黑暗的深处

穿过倾盆大雨

我们会喊醒

那尊…… 沉睡的白色大理石像

（《春天》）

77.

天空幽深如同古老的壁画
乌云带电的沉默
在天空的衬托下
人们可以看到它的轮廓

（《春天》）

保罗·兰达克 《三个孩子和一匹马》

78.

这黄昏的秘密汁液
这生动、专注和移动着的黑暗物质
陪着一个孤独的朝圣者
为他引出远方繁星密布的白色的银河系

像最后一列火车开出后的铁路候车室
深夜的单调中
他孤独的漫游将需要多少年

（《七月之夜》）

79.

夜晚透过敞开的窗户舒缓地呼吸
蜡烛在铜托上燃烧
星辰仍然做着永恒之梦
陨石尘埃，散发出奇异的香气

（《七月之夜》）

80.

顺江而下的春天，它繁密的雪意中
藏有童年的上游
——那幽暗桐花的街道
那磨损却奇异闪烁的昔日台阶

（《七月之夜》）

81.

繁星灿烂之地
通过可怕的沉默
宣告某种永恒的东西

那些魂灵
吹灭蜡烛
越过…… 睡眠的门槛
在缥缈的云路上方
全神贯注地飞翔

(《七月之夜》)

82.

闪着灼热白光的正午

她的眼睛美得出奇

光线无动于衷地掠过她的睫毛

驱散了…… 睡意的金色尘埃

仿佛生命的骚动耗尽

疏影婆娑中的静谧

渐渐弥漫进房间

（《七月之夜》）

83.

七月之夜
巨大的黑玫瑰的心蕊
在它清香四溢的深处
可以看见
俯身张望着我们的星星

七月之夜
那个黑色的希腊海神
尽情地制造着紫色的密物质
新鲜空气的瀑布
突如其来
我又感觉碰到了一个
紫罗兰般的热吻

（《七月之夜》）

保罗·兰达克 《宏大》

84.

森林谷地，那条河
与数不清的地下春天的呢喃声一起共鸣
天空深沉而宁静
马车的巨轮陷在砂石中发出咔嚓声
像一艘降临在沙漠上的挪亚方舟

（《父亲加入了消防队》）

85.

一只蟋蟀从黑暗中
耐心地拖着光线动人的针脚
这里的风景
像一本陈旧的寓言书发黄的册页
又像深夜时分的土耳其浴室
在一种只有龙头的流水度量的沉默氛围中
废弃的浴盆和脸盆已经冰凉

雪松的幽暗
微风呼叫的空间
孤独感骤然而起
我们要么驶出时间和现实的限制
要么永远停留其中

（《父亲加入了消防队》）

86.

黑夜的呼吸那么均匀，那么纯洁
父亲披挂着那身盔甲
在一片金碧辉煌中显得特别高大

相信我，我为你感到悲哀和可怜
你对超越日常的一切都充满了无意识的愤恨
你永远体会不到奇思妙想的高贵飞翔

（《父亲加入了消防队》）

保罗·兰达克　《物理大楼》

87.

美就是一种疾病
像古老的储藏品那样发酵
是某种神秘的感染所致
是腐烂的阴郁先兆
一直延伸到绚丽的冬季的深处

（《再生之秋》）

88.

那种备受责难的美
它会闪耀
在黄昏的边缘
朦胧、悲伤、迟暮
它有着深夜一样的智慧

（《再生之秋》）

89.

秋天，炫耀深奥晦涩学问
在它博大的图书馆里
在那些纹丝不动、密封的夜晚

美…… 和…… 思想的洪流
最终会在我们的天空中
找到自己的影像

（《再生之秋》）

90.

布匹的丛林深处
无论昼夜
父亲都在思索一切的意义

黑沉沉的银河系
从纸上流过
像他夜间的沉思冥想
神秘莫测
又包罗万象

（《死季》）

91.

金色睡眠的深处

脸庞汲取着清晨的第一波火焰

房前那棵金合欢树的阴影

它的表情

还带着梦中的紧张引起的轻微痉挛

（《死季》）

92.

他们展开布匹

紧紧地卷在一起的古老的黑暗

现在，终于获得自由

天花板下那片空间

弥漫着、散发着另一个时代的气味

（《死季》）

93.

在黑暗的笼罩中
父亲追听着过去
追听到时间的深渊

在好奇的浩瀚夜空中
他跟自己争执
最后融入永恒的虚无

（《死季》）

94.

谁曾探测过某个七月之夜的深度
谁曾测量过那个什么也不曾发生的空虚到底
　有多深
在逐渐暗淡下来的空气中
他们就这样站了很长时间
仿佛刚从一次遥远的探险归来

（《死季》）

95.

家乡乌云密布的夏天黄昏
有一种肃穆的寂静感
这片风景
似乎像永恒的悲伤提示物

（《用沙漏做招牌的疗养院》）

96.

这里…… 没有夜晚
父亲的死亡
在家乡已经击倒他的死亡
在这里，还没有发生

父亲瘦薄、憔悴的脸
已经滤掉了某种世俗性
那庄严地讲述细节的表情
好像在深思中走神

（《用沙漏做招牌的疗养院》）

97.

大街上传染性的黑暗
让我无法把别人的脸看得很清楚
我能观察到的是——
她们就这样既专注又清高地笔直地向前走去
线性步伐
充满了可怕的精确和经过量化的优美
在咖啡店，在影院
她们双腿交叉，露出膝盖
超凡脱俗的美丽
在紧张的沉默中依然矜持着

（《用沙漏做招牌的疗养院》）

98.

镜子，强化着神圣的寂静
我的影子深锁其中

我的眼睛饱览这片幽深之地那浓汁欲滴的黑色
空气的风浪
在我脸上轻轻掠过
这个世界，所有…… 都那么相似
你无法想象要获得自我有多么难

（《用沙漏做招牌的疗养院》）

99.

纯粹的黑暗中
只有这扇窗户还亮着灯
像一个灰色的四边形

弥漫咖啡和香草的味道
店铺深处
一个女孩…… 她来接待我
脸上
笼罩着暖暖的暗夜色

（《用沙漏做招牌的疗养院》）

100.

他的脸过早就成熟了
在这种生气勃勃的聚会中
他经常一言不发
安静地望着香烟冒出的蓝雾沉思

任何人都要经受各种世事的跌打
癫狂、出神和痴迷
他异常的命运也与自己同生共长

（《多多》）

101.

他的容貌沉静、尊贵
仍然折射出时间的痕迹
他打点自己的生活
在无所事事的单调格局中
以坦率和毫不惊诧的态度
欣然接受
生活中奇怪的边缘化色彩

（《多多》）

102.

身体里，有个人在渐渐老去，
虽然他从来不曾活过；
身体里，有个人成熟并最终走向死亡，
这种死亡也毫无意义。

他们的目光无论何时相遇，
都会立即漫游开来，
像两只互不相干、种类关系遥远的…… 动物，
活在两个永远不会重叠的维度中。

（《多多》）

103.

喧嚣世界中的净土，也可以是这个样子——
生活，在完全的平面和单调中度过
不会在黑暗中大声抽泣
不再遭受任何愉快或痛苦事件的打扰
你的未来
心甘情愿走在一条笔直、平稳、波澜不惊的
　小路上

（《多多》）

保罗·兰达克 《飞行》

104.

每个房间重又陷入宁静和虚无
所有床上的人
蜷膝而卧，彻底向睡眠屈服
那通向美梦深处的入口
出现：洁白的乳房平原的蓝色静脉图

（《艾迪》）

105.

夏夜，温柔地试着解开
绑缚人类的各种绳索
遥远神秘的星尘
无声呼啸而来
它们，用野蛮却迷人的轻微暴力
也想努力中止
那些阴影中的人
与命运无休止的谈判

（《艾迪》）

106.

没有必要解释，逐渐消失的午夜暗黑
对纯洁耀闪的黎明星空是否仍存不再说出的爱
神话、小说、史诗的妙文，那些已经远去的
　日子，那些字
是一场无法预料、不可阻挡的洪水
从宇宙核心处汹涌流出，带着夏季烈日下蓝
　色的风

（《艾迪》）

107.

七月之夜…… 响亮而纠缠不清的喧闹开始了
这幢楼的所有单元，所有大套小间
到处是喧哗声，到处是进进出出的活动和漫游
所有的窗户都亮着带奶白色灯罩的灯，连过道都灯火通明
所有的门都一会儿打开一会儿又关上
凌乱无序、半嘲半讽的谈话在不断误会中
在所有人的蜂房般的斗室里进行
地板上堆着一整沓写满字的稿纸，但是，这封信的结尾还遥遥无期
无数奶妈睡在那里，奶水膨满
脸颊在极度快感中燃烧
那些躺在床上已经入睡的人…… 在与睡眠搏斗着

好像在跟一个试图逃跑的天使搏斗，直到把
他征服
…………
史诗般的宏大气势，终归于寂静
空荡荡的过道和公寓里都是酣眠
犹如在一朵巨大、干枯的罂粟的隔膜里深红
色的种子般沉寂无声
那些房间，开始慢慢汲取黎明前几个小时的
灰暗

（《艾迪》）

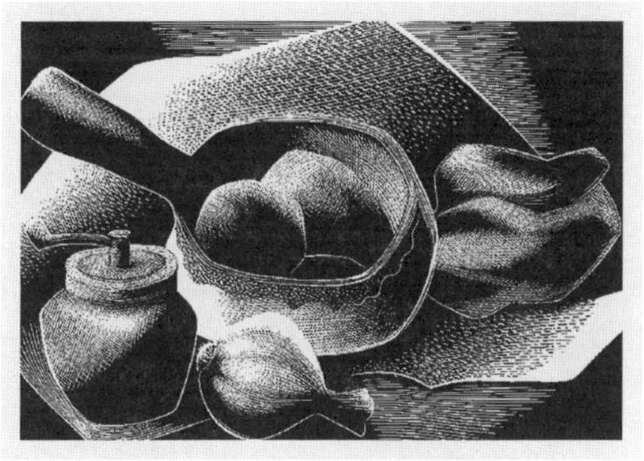

保罗·兰达克 《静物写真》

108.

每根圆木新鲜的截面上
都会露出一张崭新的面孔
永远在微笑，永远金光灿灿
那坦然、奇异的表情
找不到任何晦暗的东西

（《老寓公》）

109.

地平线被鸣叫的乌鸦的黑色剪刀
切割成一条条光带
厨房的幽光中
咖啡轻轻地沸腾

每个人都禁锢在自我之中
禁锢在苏醒之后面对的白昼中
禁锢在属于自己的时间中
我感觉：这就是生活

（《老寓公》）

110.

这些在白昼深处打开的远景
像日子的横断面，像时间的无尽飞翔
从城市的这头到另一头
向温暖、新鲜的纤维浆更深处砍去
进行一场永无止境的谈话
尽管我看得出它们毫无意义

（《老寓公》）

111.

锯木，非常神圣的工作
与人类同样古老
铁锯悦耳的运动
斧头富有节律的动作
好像在木料的核里寻找什么东西——
一个金黄色的火怪
一个尖叫的精灵

在他们的砍割中
冬月
黄昏前空气正变成深红色

（《老寓公》）

112.

什么也束缚不住我，什么也禁锢不了我
我绝不抱怨，我有着无边的自由
浸没在黑暗中，窗户上方的黎明缓缓地熟亮起来

（《老寓公》）

莎乐美·特雷 《春天》

113.

我在这里待了很多年
我可以不依赖任何东西生存下去
有时我在镜子里看看自己
在那暗淡的光亮中
一切细节历历在目

（《孤独》）

114.

我已经能够
不去为昨日或明天操心
我的心中
终于有巨大的释然的感觉

我经常坐在
世界的边缘
那微微有些发热的寂静天空
是我唯一喜爱的读物

(《孤独》)

115.

那件皮大衣会呼吸

一定是

奇怪的宿命驱使

（《父亲的最后一次逃走》）

保罗·兰达克 《偷猎者》

116.

从太阳那里
开掘出一条通向南方的金光大道
那个国度
穿越夏天的火焰
密封在一个自足的微型宇宙中

（《梦想中的共和国》）

117.

梦想中的共和国

我们要把生活

完全交给这种神话的急流

在夏日的烈焰中

让每个瞬间

蒸发掉虚无奢华

（《梦想中的共和国》）

118.

被选中的土地
那个全世界独一无二的小镇
融入黎明的绯红色

它…… 贪婪地痛饮着空气
在天堂的最边缘
果断地安顿下来

（《梦想中的共和国》）

119.

仿佛听到某种召唤，某种内心的声音
我们发誓要自己丰衣足食
做出宏大和世界尺度的设计

传奇的洪流冲进我们的生活
没有任何事物的发生纯属偶然
梦想无论多么荒谬和没有意义
都不会在宇宙中被浪费掉

（《梦想中的共和国》）

120.

世界…… 发生的一切
仅出现一次而且不可逆转
如此严肃的强调意味
如此之悲伤

孤独的道路，是伟大的故事叙述者
用无尽的暗示和预言
扬起炎热、金黄的尘土

（《梦想中的共和国》）

121.

星星…… 幻觉般旋转
没有任何一个夏天能与你媲美
尽管
你会时常陷入对于未来的
莫名悲伤

（《秋天》）

122.

蜡烛的光焰浸入到吹进房间的微风中
你的夜晚辽阔无边
你的身体是如此独特
在现实世界找不到安息之地
你就用虚构的材料
创造出一个超级建筑
—— 在那里，记忆的储备还没有耗尽

（《秋天》）

123.

那个人已经走了

对面的空气中

仍留有一个虚幻的立体人形

在散发…… 蓝色气息

（《秋天》）

124.

陈旧的家具从昏睡中苏醒
从长久的孤单中解脱出来
那些巨大的洞穴般的床铺
层层冰凉的被单和毯子
等待着我们的肉体

你们是逃不掉的，它们仿佛在说
因为我们早已分清了你们的所有动作和表情
分清了你们未来所有的日日夜夜

（《秋天》）

保罗·兰达克 《闷热的日子》

125.

我，那个不被承认
惨遭排斥的艺术家
这次生活不再藏起它的恶意
无家可归的全部流浪史
我以前生活中深藏的所有苦楚
拥抱着扑面而至的未来
向深夜直奔而去

（《祖国》）

126.

几乎没有时间来惊讶
偶然性…… 的手
把我从一个事件带向另一个事件
它叮嘱我
要顺从地听命于那些事件引力的拉拽

从被命运的无常刮得七零八落的失事船只上
我终于回来了
不是以征服者
而是以一个生活的流浪汉的身份

（《祖国》）

127.

我在灵魂深处
经过无数次命运无常的颠簸

（《祖国》）

128.

黑夜…… 散发出白菜和落叶浓烈的芬芳
我把灼热的前额贴在玻璃上
沉浸到自己孤独的沉思冥想之中

我知道，某一天死神会把我带到她张开的怀抱
就像她一辈子都在做的那样，慷慨而仁慈
—— 从现在开始，再也不会有任何东西伤害到我
我找到了一个平静和确定的天堂

（《祖国》）

跋

布鲁诺·舒尔茨：复活，以诗人的身份

黑 陶

布鲁诺·舒尔茨，是蒙尘日久之后，被重新发现的波兰短篇小说大师。这是一位我读后产生强烈感应的异国前辈小说家——跟阅读对象产生感应，是值得珍惜、珍重之事，当今时代，读后，而无感应产生的作家作品，何其之多！

他很奇特。即使是翻译过来的布鲁诺·舒尔茨，他的小说，仍然透露出如此强劲的诗歌气场；他的字里行间，遍布有钻石般闪烁的诗歌鳞爪。似乎，小说家只是他的伪装，他的内里，就是一位体温发烫的真正诗人。

随着阅读的进行，我产生一种抑制不住的冲动：在汉语之中，应该让布鲁诺·舒尔茨，以诗人的身份，复活一次！

由此，从布鲁诺·舒尔茨小说的醇酒之中，提炼而出的诗歌的神圣火焰，成就了这本奇特诗集。

让我们稍稍认识一下这位作家。

布鲁诺·舒尔茨，波兰籍犹太人。中学图画教师。生性害羞，从小体弱多病，被人称为“纳迪恩加”，意思是“倒霉蛋”。近乎自我封闭的一位作家。天才涌溢，热爱并沉浸于独自的书写。终身未婚。

“对我来说，艺术是治疗我在爱情方面无能的良药…… 我很羡慕那些会爱的人。”“我有一种思想上的饥渴，读书的饥渴，新的思想体系的饥渴。但愿这么着我的那种抑郁感不要再回来！…… 这些抑郁感让我困惑，让我一事无成。在一周的七天中，我有六天就这么压抑着。”从布鲁诺·舒尔茨给友人的信中，我们或可窥见他的某些真实身影。

1942年11月19日中午，欧洲冬季。被纳粹占领的波兰小城德罗霍贝奇。呼啸、发烫的子弹，一颗，或两颗，钻入外出买面包的布鲁诺·舒尔茨的肉体。鲜血，瞬间汩汩涌出。

一位天才作家的生命，顿时中断。50岁。

这个生前默默无闻，相貌奇特，长着一张瘦削苍白的三角脸、一个大鼻子、一双深陷下去的大眼睛的人（据其自画像），他现存全部的作品，似乎只有29篇短篇小说。

他应该属于内倾型人。因为内倾，他反而拥有了一个浩瀚恢宏的个人内在宇宙。

布鲁诺·舒尔茨小说的汉语译者杨向荣，这样描写这位过着内心生活的波兰前辈：

“这位足不出户的短篇小说大师，在波兰某个小城一幢带店铺的公寓楼里营造着近乎想入非非的世界，在店铺阁楼上安静又焦虑地观察和倾听着万物的细微动静。在他的耳朵听来，万物的轻语即是喧哗，静谧的蠕动声中暗藏着世界的骚动。他试图向我们揭开琐事背后万花筒般的奇妙境界。”

“我在阅读和翻译的过程中，仿佛看到一个专注的雕刻家一个人在阁楼上雕琢着自己手中的作品，一毫米一毫米地推进着凿子，生怕砍伤了什么。他是真正把文学看作自己的事情，文学几乎没有给他的现实生活带来任何世俗的好处。”

他好像非常狭隘。他用心灵的放大镜甚至是显微镜，描写周围的平凡之人、细微之物：家人、亲戚、邻居、房间、公寓楼、街巷和古老小城，但又时时，心连着无穷尽的星空和宇宙。对待所写的一切，他有着余华所称的“疾病般的激情”。

他是白昼与黑夜的梦游者和呓语者。依靠文字，独自沉浸，自得其乐。

他通灵。他能够听到：他所置身的微小世界里的万物庞大之声。

他的文学，展现了文学最原始的传统：写自己，写自己的生活。

他异想天开，精细入微，又天马行空，不论情节。

“情节简单到无以复加，但是对简单素材的描写又复杂到令人发指的程度。”

“作家在如此短小的篇幅里随心所欲和蔑视传统章法到如此傲慢的程度。”

布鲁诺·舒尔茨死后，随着时间流逝，他存量极少却辨识度极高的独特文字，征服了世界文坛。约翰·厄普代克如此认定：“一个无与伦比的作家，世界在他的文字中完成伟大的变形。”同样出生于波兰、同为犹太人的美国作家艾萨克·辛格这样表示：“不容易把他归入哪个流派。他可以被称为超现实主义者、象征主义者、表现主义者、现代主义者……他有时候写得像卡夫卡，有时候像普鲁斯特，而且时常轻而易举地达到他们未曾达到过的深度。”

布鲁诺·舒尔茨汉译小说中潜藏的诗歌，在我看来，比比皆是。

我用的布鲁诺·舒尔茨小说的汉译版本是：《鳄鱼街》，杨向荣翻译，新星出版社2010年1月第1版。

从他的小说中提炼诗歌，我所做的仅仅是：挖掘，挑拣，删削，拼接，分行，组装。

《鳄鱼街》杨向荣译本认真而又严谨。译者在“译后记”中如此诚恳表达：“翻译这本只有20万字的短篇小说集，陆续花了很长时间，反复修改了多遍。但是，现在看来，无论修改多少遍，这个古怪大师总有一种抗拒我等凡人进入他的世界的神秘力量。我想，要跟他的这股神秘力量捉迷藏，我们需要无限地翻译下去。”——“需要无限地翻译下去”，无限认同。

在此，特别向译者杨向荣先生致敬！

从布鲁诺·舒尔茨的小说中提炼诗歌，这样做，其实，早已得到他本人的授权——在小说《春天》中，他这样说过：

“春天的星象简直无边无际！人们可以用一千种方式来解读它，任意地解析它，随心所欲地解释它，在众鸟发出的误导性预言中愉快地将全部秘密彻底破解出来。这篇文章可以从前往后，也可以从后往前阅读，如果迷失了意义，可以从无数种角度、用一千种替代方法再次找回。”

——可以用“无数种角度”“一千种替代方式”“任意地解析它”“将全部秘密彻底破解”。我，只是用了“一千种替代方式”中的一种：诗歌。

这本诗集，就是我用汉语诗歌，呈现的另一个布鲁诺·舒尔茨。

这是他天才的文学生命，在遥远东方国度重新诞生的另一种形式。

作为古怪内倾的作家，布鲁诺·舒尔茨是他文学密码的编写者。我，只是用诗歌，对他复杂深邃的文学宇宙，做了一次主观的解密。

通过这次尝试，我开始相信，一个真正杰出的艺术家，他有限的作品中，肯定蕴藏有无穷的艺术形式；他完成定型的作品所包含的意义，肯定远远且永远大于作者的当初所想。

确实，通过这些诗歌，我已经参与了布鲁诺·舒尔茨的文学生命。

我揭示或打开了他生命中某些隐秘、深藏的东西。

仔细嗅嗅，这些诗歌所散发的，难道不正是他小说最核心、最本质的气味与气质?

在我所热爱的汉语世界，借助我心、我手，能够让异国的这位前辈作家，以诗的形式、以诗人的身份复活一次，我，倍感荣幸。

感谢诗人、翻译家，《世界文学》主编高兴慷慨赐序。感谢诗人马叙兄为诗集书签专门创作了精美插画。感谢本书责编多加，她的专业和敬业，让我受益之余，重新发现了“编辑”一词的内涵。

感谢张杰兄，君子之交，其淡如水，20年，一份没有间断的温暖和激励，让我独自领受并默默感动。

感谢我的家人：爱人麦阁和女儿曹悦童，感谢你们在长久的岁月中，馈赠给我的支持、爱和亲情。

文中部分插图说明：

p12 乔治·修拉 《树干》
p27 乔治·修拉 《阅读》
p35 乔治·修拉 《在人行道边等待的男人》
p158 乔治·修拉 《牵着一只狗的女人》
p166–167 乔治·修拉 《火车轨道》

在阁楼独听万物密语：布鲁诺·舒尔茨诗篇
ZAI GELOU DU TING WANWU MIYU：BULUNUO·SHU'ERCI SHIPIAN

出版统筹：多　马
策　　划：多　马
责任编辑：周祖为
助理编辑：多　加
产品经理：多　加
封面设计：鲁明静
责任技编：龙先华
篆　　刻：乔雁群
书签插画：马　叙

图书在版编目（CIP）数据

在阁楼独听万物密语：布鲁诺·舒尔茨诗篇 / 黑陶著. —桂林：广西师范大学出版社，2020.6
ISBN 978-7-5598-2755-5

Ⅰ. ①在… Ⅱ. ①黑… Ⅲ. ①诗集－中国－当代
Ⅳ. ①I227

中国版本图书馆 CIP 数据核字（2020）第 054454 号

广西师范大学出版社出版发行
（广西桂林市五里店路 9 号　邮政编码：541004
网址：http://www.bbtpress.com）
出版人：黄轩庄
全国新华书店经销
湛江南华印务有限公司印刷
（广东省湛江市霞山区绿塘路 61 号　邮政编码：524002）
开本：787 mm × 1 092 mm　1/32
印张：5.75　　字数：43 千字
2020 年 6 月第 1 版　　2020 年 6 月第 1 次印刷
印数：0 001~6 000 册　　定价：38.00 元